D0667176

"Amor de Lejos . . . Fools' Love"

Rubén Medina

Translations:
Jennifer Sternbach with Robert Jones

Arte Público Press
Houston

Versiones de estos poemas aparecieron primero en las siguientes publicaciones: *Casa de las Américas, Revista Chicano-Riqueña, La Cultura en México de Siempre!, El Tecolote Literario, Roadwork, El Ultimo Vuelo, Maize, Cultural Worker, Metamorfosis, La Palabra y el Hombre y Vórtice.*

Parte de este libro fue escrito durante el período de mi National Endowment for the Arts Writer's Fellowship 1981-82. Su publicación es posible gracias a la generosidad del National Endowment for the Arts, una agencia federal.

R.M.

Arte Público Press
University of Houston
University Park
Houston, Texas 77004

a Jan, el Volcán, la Volcana
y los volcancitos

Contents

Introducción

¿Amor de Lejos? Sabemos por lo menos dos cosas: que el dicho populachero, lépero y cinicón tiene su rima exacta para ese "lejos"; y que Rubén Medina, nacido en populachero barrio del D.F., disfruta enormemente de los albures y de los dichos populares, incluso—por supuesto—en sus formas vulgares. ¿Está por lo tanto claro en el título lo que hemos de encontrar en este estupendo libro de poesía? No tanto.

Ante todo porque Rubén Medina se encuentra en el polo opuesto de todo cinismo. Y porque, nazcan donde nazcan, las gentes dejan sus tierras por múltiples razones y, en los mejores casos, llegan a identificarse con lo que sus nuevos mundos tienen de humano. En tales casos, con inteligencia y sensibilidad, el amor a lo que uno ha traído de lejos se hace uno con el amor a lo que nos rodea. Es lo que ocurre con Rubén Medina. Este libro suyo no sería nada, desde luego, sin esas imágenes del padre y de la madre que lo recorren—en su DF—de punta a punta, sin el niño que corretea las calles de la sufrida ciudad del Altiplano, sin la presencia terrible de los compañeros de su infancia que acaban—por miseria y por perversión del sistema—en halcones, pistoleros asesinos de su propia gente. Pero tampoco sería nada sin "Day-Off", sin "Unity", sin "De San Diego a San Pinche", sin la "Carta a Rudy Lozano". Dos mundos que son uno en el amor y la solidaridad.

Más acá de toda nostalgia, trabajando en lo que encuentra, estudiando como puede, esposo, padre, militante activo, hombre modesto, Rubén Medina no olvida sus orígenes y tiene los pies bien plantados en la tierra: en su Distrito Federal y en estas entrañas del Imperio donde—inevitablemente—convive con los oprimidos. Pero es poeta, claro, y por lo tanto—según explicaba Horacio que ocurre con todos los poetas— también anda un tanto perdido en las nubes. Gracias a ello no sólo convive y dialoga con sus compañeros de todos los días, sino con César Vallejo, con Efraín Huerta, y hasta con "El famoso Bertolt Break," de quienes ha aprendido no poco. Porque poeta—supongo—se nace, pero también hay que trabajarlo. Lo difícil es conectar esas "nubes" con la realidad cotidiana y con la lucha. Sólo que en Rubén Medina—porque la dialéctica también tiene sus caprichos, según explica en un poema—tal dificultad no se nota según nos asombra con sus imágenes, con el notable ritmo interior de la frase, con su asombrosa facilidad para juntar el habla más culta con los giros más cotidianos. Por no hablar del humor con que se defiende del sentimentalismo o de los mitos: léase por ejemplo, "El Che en Disneylandia," con ese precioso final en que se nos recuerda que—como Peter Fonda y Dennis Hopper en *Easy Rider*—el Che, cuando joven, "dejó su carrera de médico / y compró una moto / para recorrer América."

Poeta dialéctico, poeta revolucionario de la mejor estirpe; poeta—por lo tanto—humanista. Poeta para muchos y para mucho tiempo este Rubén Medina.

Carlos Blanco Aguinaga

"Amor de Lejos . . ."

"Y madrugar, poeta, nómada,
al crudísimo día de ser hombre."

César Vallejo

"The solution was to change,
to leave, to go to jobs . . . I wish
I was home with all of you."

Simon Ortiz

Los Poetas Ya No Van a París

¿Qué hace, París, con los poetas
salidos de las colonias
proletarias?
¿Acaso convierte el odio
en el vino viejo
de la aristocracia
o crece el dolor
en los zapatos,
en los bolsillos del pantalón?
¿Aprenden, los poetas, el mercibocu
o trabajan de extras en películas
de ciencia ficción?
¿Una hembra les toma fotos
en las afueras de un mercado?
¿Miran a Vallejo
caminando por el boulevard Raspail
con su pan al hombro
y sus ojos tristes de burro?
Y aquí, mano, es la casa
donde Rimbaud y Verlaine
eran dos sillones fosforescentes.
Los poetas ya no van a París.
Andan de hospital en cantina,
de calle en fábrica,
de dancing en oficina,
de amigo en hembra
buscando el Lunes Padre.
Reanudan el día de conejo,
la noche de elefante en descanso.
Abordan autobuses
de todavía anoche
y no hay tiempo para maldecir el hueso,
el hijo, la hija
—quién necesita zapatos, azteca boy?

No hay tiempo para los juegos florales
y aquellos sueños de rimbausitos
a los veinte años
y mujeres que han dicho hasta el nombre.
Los poetas ya no van a París.
Andan en el sur
donde la guerra continúa.
Andan en el norte
donde ha empezado la peste.

para José Peguero

Postcard

Este fin de semana ha dejado esparcidas
sus heridas y deperdicios
sobre nuestras ansias de vivir
y entendernos desde adentro
donde un mar intenso nos florece
—te hablo en el idioma de la vergüenza
en el mes más cruel del año
crece musgo en el olvido
cuando todavía te recuerdo—como oliéndote—
hablándome de árboles que pudieron ser
increíbles bailarines
gente que escogió otra forma de amar
e hincharse el sentimiento—
ahora mientras camino a lo largo de Broadway
que se pierde hasta la bahía donde las gaviotas
sobreviven en su indescifrable lenguaje de lamentos
y vienen deambulando los militares jóvenes
en grupos de tres o cuatro y alguien más
sosteniendo un ruidoso radio en las manos
más tristes y desgraciados que Chaplin
descifrando la luz de neón
y las fotos del cine pornográfico
descifrando el humor y la lumbre cotidiana
en bares de tercera categoría
—Vietnam dejó una bomba de tiempo—
mientras a mi lado alguien me dice
when its rainy all cities seem alike
y nos vamos caminando bajo este cielo
aún más azul que la locura de Van Gogh
en el sístole y diástole
de nuestros pasos
mientras Norteamérica revienta
como si nada.

San Diego, abril, 1979.

17

Angels of the City

Al sur de la viva y venenosa calle
San Juan de Letrán habita Niño Perdido.

El gobierno mandó ampliar las calles,
tirar casas y vecindades,
poner arbolitos en las banquetas
y extraños postes eléctricos,
y ahora los únicos que entran y salen
de la colonia son el pillo, el gusano y el pinole.
¿Y quién no recuerda al pillo, al gusano y al pinole,
hijos del dancing y del mercado,
pateando con cierto encanto la pelota;
gritando los periódicos en las esquinas
o cargando con esa inconfundible astucia rumbera
un costal de naranjas, paf,
cuando ni siquiera el abuelo dijo cosas
amables sobre el desempleo
y un día lo encontraron tirado a media calle
como una vieja estatua derrumbada,
y papá y mamá sólo los miraban crecer igual
como los leones del zoológico miran
la lluvia de septiembre?
¿Quién no los recuerda llegando
tímidamente a las oficinas a pedir un trabajo
aunque fuera de mozos,
o mirando bueyamente a los hijos del taxista
cuando lavaban el auto de su padre
mientras los músculos se tensaban
y quién hablaba sobre la estrategia de la guerra
diaria más allá de los cuchillos,
del amor cuando solamente es puño, paf,
de las fábricas donde el león muere lentamente,
del barrio, sueño en llamas?

¿Quién carajos no los recuerda
espantapájaros y astronautas
de estas ciudades entre los periféricos,
los únicos que ahora entran y salen
de la colonia en automóviles
falcón sin placas,
metralleta en mano?

Malamuerte

Desde la azotea del edificio Tioga
en la universidad de San Diego
una estudiante ha saltado al aire de la noche.
Las noticias invaden la mañana.
Y las madres cierran los ojos de horror
y abrazan a sus hijas.
A los padres se les rompe la mirada
como un vidrio por la piedra de un niño travieso.
Los psicólogos aprietan los dientes y los puños
y odian a la vida como a una pared de niebla.
La iglesia pide por el alma de la jovencita
y aconseja a los jóvenes buscar a dios.
El FBI manda a sus sabuesos.
La gente murmura cosas de oído a oído,
un ruido como de cadenas y campanas.
Los jóvenes se revuelcan en un silencio de siglos.
Los altos funcionarios ni siquiera se enteran.
Y los que alguna vez han pensado en el suicidio
se preguntan cuál sería su secreto
mientras se les pone la piel de gallina
y se sienten más solitarios que nunca.
Los poetas se van a la cantina más próxima.
Y los amigos cercanos llevan para siempre
un pájaro dormido en alguna parte del cuerpo.
Desde la azotea del edificio Tioga
en la universidad de San Diego
una estudiante ha saltado al aire de la noche
como quien abre una ventana y se convierte en Sueño.

Danzón

Era como esos domingos
en que Padre nos llevaba al béisbol
y mis hermanas y yo
descubríamos el esplendor bajo la yerba,
pedazos de agua que nos llevaban
a odiar nuestro origen de caracoles.
Padre era hermoso y grande como un autobús.
Madre cariñosa como una mujer de paredes.
Las calles eran tranquilas
como un sueño de organilleros,
los muchachos abrazaban a sus novias
tratando de imitar la lluvia
de un impresionista anónimo.
Y para la tarde padre se ponía un traje limpio.
Y agua de colonia y los zapatos brillantes
como reflectores de cine
y se iba a gozar con otras mujeres.
Y madre se quedaba llorando,
maldiciendo una y otra vez su mala suerte
y recordando los buenos tiempos
cuando ella era soltera, joven y hermosa.

Clasificados

para David Sternbach

Mientras busco en el periódico un empleo
y mis ojos suben y bajan por las columnas
—amarillos de bilis—, imagino:

>   Honorable dama de la Jolla
>   solicita poeta del Tercer Mundo
>   para que le enseñe a escribir
>   poemas como Rod McKuen.

Pero me digo, no.
Porque de niño yo era muy católico
y sufriría mucho por escribir mentiras.

Y después leo:

>   Se solicita excelente guía
>   de turistas que hable español
>   del siglo XVIII y le encante conocer
>   gente. Que sea muy sociable y tenga
>   buena presentación, para mostrar a
>   nuestra *Nice People* de América Latina
>   nuestros lugares más importantes como
>   el zoológico de San Diego, uno de los
>   más bellos del mundo; el hotel Coronado;
>   el monumento a Cabrilho; el museo
>   de historia natural, etcétera.

Pero me digo, no.
Y me atemorizo porque yo siempre
he sido muy ordenado pero también
he tenido problemas con la aritmética.

Y entonces desesperado leo:

Se solicita emigrante mexicano
con grandes deseos de aprender a cortar
el cabello en los más variados estilos.
No es necesario que hable inglés
sino solamente saber sonreír y decir sí
en inglés, alemán, francés y japonés.
3 dólares por hora, más propinas.

Y entonces me digo, sí. Acepto.
Y me paro entusiasmado a decírselo a mi esposa.

La Lluvia y la Abuela

La abuela teje sentada en el sillón
como una vieja diosa tarasca
aunque más parezca un pavo real urbano.
Y entonces llueve
y yo respiro profundo como una piedra,
ando por los muebles como un río.
Las manos de la abuela
siguen tejiendo y tejiendo el silencio
que para marzo será un mantel
para el hijo soltero,
mientras la ciudad recuerda a sus muertos
entre la melodía monótona del agua.

De repente la abuela deja de tejer,
mira para la ventana
y suena un relámpago
y yo corro por debajo de la mesa.
La abuela viene hacia mí
y el miedo desaparece por las paredes
igual como el sol evapora el agua del asfalto.

La abuela sentada en el sillón
como una vieja diosa tarasca,
aunque más parezca un pavo real urbano,
sigue tejiendo y tejiendo
y yo me meto a la boca un pedazo de madera
que alguna vez fue el botón de un radio.
De repente las manos de la abuela
se detienen,
me mira
y mi sonrisa suena del tamaño
de la casa.

Day-Off

Este miércoles 6 de febrero,
quiero decir la mañana que levanta
a los artesanos y pescadores
en este invierno de pájaros que anuncian el trópico,
un anciano desenvuelve el silencio
sobre la mesa,
pan del día.
Son las palabras de los amigos
que nos ayudan a vivir
desde otro países:
"Y el poeta derribado
es sólo el árbol rojo que señala el comienzo del bosque"
mientras bebe café
y la realidad no es otra sino el canto dulce
de Charlie el pájaro. He escuchado a los pájaros,
cómo conmueven los pájaros—murmuran los ancianos.

Vale la pena estar vivos.

Quiero decir, vendrán muchos más días
de descanso en que no habremos de ir
a limpiarle el culo al patrón,
servirle café, perdón, decaf a la esposa
y ser amable con la hija cuando su humor lo permite.

Seremos ancianos borrachos con el cabello
increíblemente negro.

a mis hermanas

25

Un Poeta que Trabaja de Cocinero
o Un Cocinero que Escribe Poesía

Seamos honestos,
hay algunos inconvenientes
en esta profesión:
trabajar de noche
y los fines de semana,
el humorcito del manager,
4 dólares la hora,
los ojos del boss,
vacaciones de ya no vuelves,
la espalda del boss,
120 grados de sal en la piel,
el cuello del boss,
cerveza tras cerveza,
pleitos entre New Jersey y Guadalajara
sobre la gran grandeza de las sombras.
Pero en estas tierras
de las grandes oportunidades
trabajan conmigo
un cuentero de Michoacán,
una enfermera de Arizona,
un actor (no lo sabe) de Los Altos,
un estudiante de Hermosillo,
una bailarina de New York,
un activista de East Los,
un maestro de inglés,
y tres meseras preocupadas
por qué demonios hacer
con las migajas
de la anunciada jubilación.

Príamo

Qué duro es, Padre, hablarte en estos tiempos
cuando parece que uno ya no cree en nada
ni siquiera en el olor nocturno de noviembre
y difícilmente el entusiasmo aflora en los labios.
Ahora que en lugar de largarte al cine como tantas veces
te empinas esa botella de brandy hasta el alma.
Ahora, a tus cincuenta años, cuando ya no para de llover
y no hay paragüas que te cubra los huesos.
Ahora que después de tantos años en las fábricas
uno llega a amar su trabajo y hacerlo con sabiduría.
Y tus hijos han crecido con sus moretones
mirándote amar y caer a cada rato.
Pedazo de sol. Arbol encendido.
Bailarín capaz de hacer bailar hasta un semáforo.
Hombre que se ha equivocado miles de veces.
Ahora que la vida ha sido tan larga
pero que todavía es digna de bailarse como una cumbia.
Soy yo, Padre, al que hacías cantar canciones ridículas
los domingos que visitábamos a los tíos.
El que lloraba en Chapultepec durante las tormentas eléctricas.
Y que diario te llevaba el almuerzo
a la compañía Hulera Americana, S.A.
Y supo de huelgas, madrugadas frías y esquiroles.
Y luego te buscaba en los billares cuando el desempleo.
Soy yo, Padre, al que llevabas a ver películas
donde john wayne mataba apaches y el público aplaudía.
Al que encontraste robando monederos con una pandilla
en las afueras de una estación del metro.
Y que diario iba al béisbol y admiraba a los pequeños burgueses.
Soy yo, Padre, al que tú y tus amigos
quisieron hacer hombre llamándole mariconcito
y entonces yo besaba muchachos adolescentes por rebeldía.
Porque la dialéctica también tiene sus caprichos.
Soy yo, Padre, el que vagaba por la ciudad con su guitarrita

mientras los militares patrullaban las calles
y tú abandonabas la casa, y madre casi se volvía loca.
Y traficaba pasaportes y amaba a una muchacha
del otro lado del barrio igual como se ama a los atardeceres.
Soy yo, Padre, el que hablaba de Cuba, Vietnam,
el Manifiesto Comunista, y tú lo mirabas con compasión.
Y después lo encontrabas escribiendo poesía
cuando visitabas la casa.
El que se corría de todos los trabajos.
Y luego buscaban las esposas de los intelectuales
mientras ellos preparaban la venganza con puro lenguaje.
Soy yo, Padre, al que fuiste a buscar a una estación
de autobuses cuando se quedó mirando las nubes por semanas.
Y te golpeó la cara en la puerta del hospital psiquiátrico
mientras Madre me miraba con sus ojos rotos como de santo.
Y dijo ya basta y se durmió por semanas.
Soy yo, Padre, al que le sale arena de los ojos
en los supermercados de California.
Y vive con una mujer que es un río.
Soy yo, Padre, camarada del alba.
Soy yo, Padre, tu hijo mayor.
Vamos, levántate, es hora de ir a casa.

De San Diego a San Pinche!

Because who would believe the fantastic
and terrible story of all of our
survival those who were never meant to
survive?

Joy Harjo

Califas

Como Pedro, Juana y Enrique
nos vamos sin decir adiós
porque habremos de volver,
aunque también sea de noche.
Manejamos un camión U-haul
por el highway 15
al norte,
y una patrulla
nos sigue por todo California.
En el espejo retrovisor
existe una parte
de nuestra historia.

Y ellos saben
que no llevamos armas,
drogas,
o 7 mexicanos y 2 salvadoreños
—incluyendo un niño de tres días.
pero gracias a dios
existen el FBI,
la sexta flota,
los marines,
el B1 bomber,
la guardia nacional,
y otras cosas
que al lector no le gusta
leer en lo que llamamos
poesía.

Las Vegas

Los autos avanzan a 15 m/ph.
En cada esquina hay 14 prostitutas;
28 ojos traspasados por la luz,
32 cinturas con la música por fuera.
Hay una violencia de cementerio.
La luna te dice es de noche.
La mitad de la ciudad duerme.
A donde quiera que vayas
este país es una frontera,
aunque las ciudades
sean idénticas.
Mi gato se recuesta en mi hombro.
Mi mano en tu mano.
Y el pie derecho en el acelerador.

Sí, eres ganapán.
Estás aquí de paso.

Arizona

Detrás de cada gasolinera,
restaurante o tienda,
hay búfalos.
Crecen de la tierra roja
y se alimentan de sol,
viento,
pero principalmente con el fruto
de sus manos.
A 55 m/ph puedes confundirlos
con el paisaje, los cactus.
Son ágiles en sus movimientos
pero ojos, corazón, labios
siguen el ritmo de las nubes.
Lo que se ve, se siente, se habla.
Sus manos agarran por la cintura
a la noche.
Durante el día tienen que
abrirle el vientre a la madre
para sacar el cobre, el acero, el uranio,
polvo amarillo.

There is a whispering of rain.
Warriors in the picket lines.

Utah

Por aquí no pasó dios
sino carnales.
Son testigos las partes
de mi cuerpo
que continúan conmigo.

Wyoming

En el centro de Cheyenne
hay un hotel
con el mismo nombre.
En el bar, la mesera
pone servilletas en la mesa.
Estas tienen un dibujo de un indio,
cuchillo en mano.
La mesera sonríe.
No somos gente de aquí.
Busca indicios en los ojos.
Cuánto cabe en el sueño americano.
Así es como se mata a la memoria
en la frontera.
Y se puede ser amable, no responder,
iniciar una conversación,
hacer un chiste, beber.
Pero es necesario
nunca confundir
un guerrero de un soldado,
aún en lo seco, amargo y solitario
del whiskey.

Porque aquí
todavía hay una guerra.

Nebraska

El saxofón de Junior Walker
empuja la tarde
de oeste a este,
por el highway 80.
Son cinco días de viaje;
adentro la música trae
memorias way back home.
Afuera hay casas esparcidas,
campos de maíz y trigo,
espantapájaros,
y letreros along the highway.
This is America:
el verbo encarnado en fotografías;
take it or leave it.
Adentro el saxofón de Junior Walker
blowing the past
like someone que dice:
métele gas,
ya nos pasamos el futuro.

Iowa

En Sioux City
el cielo es azul cielo.
Limpio azul cielo
de otros tonos de azul.
Azul cielo de lejos y cercas.
Azul cielo en lakota,
inglés, español.
Azul cielo que ya no interesa
a pintores, poetas,
senadores.
Y se escucha el verbo
pobreza,
en inglés,
cada 24 disparos.

Minneapolis

La Naciones Unidas
han cambiado de domicilio,
y en Minneapolis
las sesiones se llevan a cabo
en el Chef Café.
Hay reuniones las 24 horas
aunque llamen la atención
el $2.99 spaghetti
—all you can eat—
y el $3.89 Kansas City steak
with american fries.
Y se discuten problemas serios
porque el restaurant está al fondo:
así lo anuncia el mural.
Y la mesa a lado reune pruebas
sobre la vinculación de la CIA y Amín,
en la muerte del embajador norteamericano,
Dabs en Afganistán.
La mesa a la izquierda expone
la inocencia de Leonard Peltier.
En la mesa junto al baño
sindicalistas levantan una protesta
por lo frío del spaghetti.
Una mesa al frente informa
sobre el daño sistemático
de los contras.
Una delegación de monjas
espera una mesa;
en las manos sostienen un reporte
sobre el desempleo en las Américas.
Y este domingo a las 11:30
entrarán por esa puerta
Jesse Jackson y Bill Means,
y hay que estar atentos,
porque uno no ha viajado
dos mil millas,
para decirle al mesero
que se le olvidó la salsa.

Franklin Avenue

para José Monleón y Linda Fregoso

Aquí nos hemos juntado
en estos viejos edificios de ladrillo rojo
y ventanas que semejan
las vitrinas de tiendas de otro siglo.
Cuelgan las hamacas a mitad de los cuartos
entre el verde de las plantas,
el tocadiscos que toca casi milagrosamente
y las imágenes en las paredes
veneradas de abuelo a nieto.
Aquí nos hemos juntado
y no ha sido por la iglesia,
el jazz,
ni el sindicato,
sino la pobreza
—esa mujer embarazada que lee el pensamiento y sonríe.
Por el pasillo el aire recoge el olor de la cebolla
y sube por el primer,
segundo,
tercer piso
como un abonero olvidado de su trabajo.
Alguien cocina y todos estamos invitados:
El pájaro que emigra.
El búfalo que contempla.
El león que afila las uñas.
La pantera que merodea.
El cangrejo que acelera el paso.
Por el pasillo se mezclan palabras
en idiomas extraños
y quedan grabadas en los muros para siempre,
igual que el rumor del mar en las caracolas.
Por el pasillo los niños ríen, gritan, saltan,
juegan a poner los oídos en las paredes,

no como quien escucha informes secretos
sino caballos que se acercan.
Por el pasillo se mezclan las canciones
y entran a los apartamentos sin tocar la puerta.
Y todos las escuchamos:
El que se quedó ciego
por mirar al sol de frente
y ahora sobrevive con el tacto.
El que cruzó el mar del trópico
con el metal brillante en los músculos.
El de las manos hinchadas
por talar árboles hacia el norte.
El del sombrero de palma
que va a la tienda a exigir canciones.
Y el que toca los tambores en el sótano.
Aquí estamos todos juntos,
quién lo fuera a pensar!
Dile al portero
que ponga en la azotea
una bandera contra las demoliciones
y otras bocinas
para el jazz.

Minneapolis, mayo, 1982.

Retrato No Tan Personal

Solamente, Padre, para decirte
que a través de los años
voy siendo tu mismo retrato.
Ahora que eso ya no está de moda.
Pero que cada día que pasa
mi rostro se redondea
entre este tono azteca
y una barba negra donde duermen
los pájaros que emigran del trópico.
Yo que no tuve la mirada
de oveja a medio morir de Rimbaud,
ni la sonrisa del Che.
Y que ahora mi mujer y mi madre
se complican demasiado la vida,
y que la cirugía plástica
—ese milagro de encarnación para millonarios—
es tan inalcanzable como irme
hasta el D.F. en bicicleta.
Solamente, Padre, para decirte
que los espejos nunca engañan,
y quizá tú te sientas orgulloso,
pero yo, cada vez que estoy junto a tí,
no puedo aguantar la risa y la pena.

"Amor de Lejos . . "

Hay,
en este país,
sitio para el sordo,
porque de repente obedecerá.
Hay sitio para el ciego,
porque verá más de la cuenta.
Hay sitio para el que discute,
porque sólo dirá I understand.
Hay sitio para el cojo,
porque caminará,
voluntariamente.

En verdad,
en este país
hay sitio para todos:
los agradecidos, los de fino tacto,
los de fino olfato porque saben identificar
al enemigo, los amables en inglés
e hijos de puta en español,
los que huyeron del subdesarrollo
y ay, viven en el barrio, los que piensan volver,
los de la ternura de noche, los de sólo
20 dólares al día, los rectos,
los que a pesar de todo están tristes,
los que no están ni aquí ni allá,
los que escriben más cartas que un prisionero,
los que encuentran a esto culturalmente
disgusting, los estratégicos y ahora no
y mañana tampoco, los más pobres de los
pobres, los verdaderos constructores,
los persignados y adiós memoria
good morning virgencita,
los que se pintan el pelo,
los que no necesitan pintarse el pelo,
los que tuvimos un poco de suerte.

Hay,
en este país,
sitio para todos.
Vengan, vengan
pero atrás de la barrera
y green card en mano,
porque amor de lejos . . .

a Estela Jurado

La Lluvia y Sus Muertos

Las cartas llegan del sur mojadas por la muerte.
Las cartas llegan en sobres arrugados,
quizás por el vapor
y la incertidumbre de los días
que separan al mundo
del llamado *free world.*
Las cartas llegan con palabras
que son golpes en la nuca:
     "murió la tía María esta mañana"
     "estaba bien"
     "acababa de almorzar"
     "se levantó de la mesa a darle de comer
a los pájaros y sintió que temblaba"
     "la encontramos en el suelo"
     "no sabíamos a quién llamar,
tú sabes, el dinero"
     "la ambulancia llegó en 20 minutos"
     "dijeron que mejor ya no se la llevaban
para evitar la autopsia
y trámites burocráticos"
     "hablamos a un doctor porque no creíamos
que estuviera muerta"
     "platicamos con ella"
     "le cambiamos la ropa"
     "ella miraba a los pájaros,
preocupada."
Llueve lentamente sobre la ciudad de México.
El tío Andrés se sentaba en el balcón
con no otro lenguaje que la memoria.
En sus ojos uno podía ver al culpable.
Sus ojos cafés, todavía con la limpieza
de los hombres que crecen en el campo.
Llueve lentamente sobre la ciudad de México.
Hay aguacero en los barrios de Guatemala.

Relámpagos con un olor pútrido caen más al sur.
Una tormenta sube 45 al norte del Ecuador.

Todo esto me escriben mis hermanas
al país más poderoso de la tierra,
al país mas poderoso de la tierra,
al país más poderoso de la tierra,
al país más poderoso de la tierra,
al país más peligroso de la tierra.

Productor de lloviznas, lluvias y tormentas.

Public Health

Como las transnacionales están
perdiendo la guerra en El Salvador,
sus científicos han salido con el argumento
de que el café produce cáncer pancreático,
y puede que sea cierto.
Cuba masificó la diabetes.
Vietnam la úlcera.
Angola el ataque al corazón.
Y con Nicaragua el banana split
se ha vuelto un artículo de lujo.

El Che en Disneyland

Aquí se queda la clara . . .

Carlos Puebla

Habrá que olvidarnos
de un tal Fidel,
el movimiento 26 de julio,
o simplemente
que un hombre quiere a una mujer
y una mujer quiere a un hombre
y tienen hijos
y adiós,
hasta la Victoria Siempre.
Porque Spencer Tracy
ni en sus peores momentos
estuvo desempleado
y James Dean
tenía una forma extraña
de oponerse a papá imperialismo.

Habrá que olvidarnos
que no sólo hay que morir
por la revolución
sino que llegado el momento
matar por ella,
porque también existió
un 1776,
y en estos momentos
Centroamérica.

Habrá que olvidarnos
que hay un partido
y luego un relámpago de atención
entre la tormenta,
—con calma compañero—
porque entre la izquierda

sábelotodo y la prudente
hay algo más que horas de sueño
y no precisamente por leer
a Marcel Proust hasta el alba,
y que 32,000 horas de pesadillas
son 32,000 horas de estrategias.

Habrá que olvidarnos
de otras manos en Harlem, El Petén,
Tacuba, Logan, La Misión, Suchioto . . .
porque cuando joven
el Che dejó su carrera de médico
y compró una moto
para recorrer América,
igual que Peter Fonda
y Dennis Hopper
en *Easy Rider!*
Don't you think so?

Unity

Outside my door
there is a real enemy
who hates me.
                Lorna Dee Cervantes

Hay que soñar.
                Lenin

La historia nos ha hecho
animales asediados
por los gestos del mono,
el silencio del lagarto,
la mirada del águila,
la indiferencia de la urraca,
la danza de la víbora,
y los susurros del puerco.

La historia nos ha hecho
animales asediados
en la calle,
el campo,
el autobús,
la fábrica,
la fila de desempleo,
la oficina,
la escuela,
la asamblea,
y el mitín,

La historia nos ha hecho
animales asediados
y estas gentes se creen que somos
de acero o piedra,
y para su desgracia, diferentes.

La historia nos ha hecho
animales asediados
y el mono sigue gesticulando en las películas
y el lagarto dirige las escenas
y el águila se piensa eterna
y la urraca cena en la casa blanca
y la víbora se aplaude su propia belleza
y el puerco aprende las buenas maneras made in USA.

La historia nos ha hecho
animales asediados
y estas gentes creen que lo poseen todo,
mis hombros, los ríos, el silencio,
mis ingles, el tiempo, los pájaros, la tierra.
Estas gentes creen que lo saben todo
con sus estadísticas,
sus experimentos biológicos,
su información del clima,
sus teorías humanísimas,
y el buen humor de la panza llena
y claro que sí, señor,
por supuesto que sí, señor,
yo no lo sabía, señor,
usted perdone, señor,
absolutamente cierto, señor,
ahorita mismo, señor.

La historia nos ha hecho
animales asediados,
pero somos los ríos
por los que llegaban los barcos de vapor.
Somos la tierra y la semilla del árbol.
Somos la libertad y muchas muertes.

Somos el sudor en la frente.
Somos el grito que tiene la forma del pájaro
y la velocidad del disparo.
Somos la ternura sin zapatos.
Somos la sonrisa que cruza el cerco sin papeles
y la memoria sin hojas de calendario.

Somos el llanto que duerme a los niños.
El viento que es el viento y sabe a viento.
Somos el ritmo con que viene la noche.
Somos el calor que anuncia el invierno
y millones y millones de manos.

Somos el músculo tatuado por las máquinas.
Somos la lucha que sueña con los ojos abiertos.
Somos la sangre del arcoiris
y el amor que es una mala influencia.

Somos la esperanza que huele a pan.
Somos el dolor con la forma del abrazo.
Somos la historia de puños cerrados.
Somos los puños de la historia abierta.
Somos la historia en pantalones de domingo.

Somos la historia de no estar solos.
Somos la historia en que el mono
gesticula junto al espejo
y el lagarto habla hasta morderse la lengua
y el águila presencia los crímenes
y la urraca vuela junto al grito
y la víbora danza para cambiar de piel
y el puerco se come a los puerquitos.

Entonces sí,
hay que soñar.
En la calle,
el campo,
el autobús,
la fábrica,
la fila de desempleo,
la oficina,
la escuela,
la asamblea
y el mitín.

Hay que soñar.

Minneapolis, 5 de mayo, 1983.

46

Identidad

Cuidado,
aquí todavía el mundo
es pequeñito
aunque te sorprendan
tantos edificios, supermercados,
leyes y carreteras.
Y no haya muchos discursos,
promesas y gentes
y gentes en las calles.
Aquí tu identidad
es la carne de tu sombra,
las canciones bajo el brazo
y algo de suerte,
pero no se te ocurra
buscar ayuda
en la Virgen de Guadalupe
porque ella no habla inglés.
El tocayo, Rubén,
ha cruzado la frontera
miles de veces
y nunca anda solo
porque no le gusta bailar
con su sombra.
Si el tocayo deja de bailar
se acaban los restaurantes
en California
y adiós cheap labor,
rompehuelgas
y querida familia
cómo están.
Jesús, el oso,
ya casi es abuelo
y general de varias canciones públicas,
y cuando la policía lo detiene (eso pasa)

los manda de regreso a Europa
sin tener que decir
"estimado, señor del orden, hágame
el favor de ir a chingar . . ."
Alguien de quien no supe
el nombre,
no llegó a Los Angeles.
En San Clemente se supo
que no nació con la tarjeta azul
del cumpleños
pues no se sabía el happy birthday to you.
No, no estamos en Alemania 1940.
Los chicanos están con nosotros
aunque se llamen Paul, Louie, Rose o Lisa.
Unos cuantos tienen miedo de apenas ayer.
De los partidos políticos
déjame decírtelo al oído . . .
. . . .
. . . .
. . . .
. . . .
. . . .
En las iglesias puedes dormir
pero cuídate de los sueños puros.
De los sindicatos
para muchos hemos sido
those rats, aliens, spiks,
greasers, wetbacks,
pero de ahora en adelante
también pilgrims.
De cualquier manera,
compañero,
bienvenido,
bienvenido,
esta es tu casa.

Buseando

En este autobús / carnal / se prohibe comer
discutir / mirar a los ojos / reír con ganas.

Se prohiben radios / pies desordenados
olores a parientes lejanos / tocar
a la persona más lejana.

Se prohibe sentarse junto al chófer / llorar
interrumpir sueños / limpiarse los mocos
hacer una huelga / y ahorrarse los Excuse mis.

Se prohibe subir con pájaros / abrir las ventanas
fumar / abrazarse / vestir con cara de Lunes Padre.

Definitivamente / carnal / este autobús
no pasa por nuestra casa.

Después de Todo, Lonely

Estoy solo
como aquél
que en un vagón del metro
no le duele nada
y se contempla en el vidrio
y se arregla el cabello
y sonríe.
Estoy solo
como aquel
que regresa a casa
después de días de discusiones
y humo de cigarros
y tazas de café
y centralismo democrático
y resoluciones
y qué país tan inmenso
y aplausos.
Estoy solo
y para su información
son las 4.18 de la mañana
de un Viernes Santo.
Estoy solo
entre las cuatro paredes
de tarjeta postal
que compran ávidos
turistas mexicanos.
Estoy solo
como aquél
que se levanta
del calor de la mujer
y pasea por la casa
con la paciencia de mañana.
Estoy solo
y mi única compañía

es la voz de Amparo Ochoa.
Solos
ella y yo
y yo todavía
más solo
que ella.

In memoriam Efraín Huerta

María Eugenia Ruiz de Medina

Mi madre sufre porque padre volvió a casa
Mi madre sufre porque los hijos ya son grandes.
Mi madre sufre porque una hija está enamorada.
Mi madre sufre porque el hijo fuma mariguana.
Mi madre sufre porque la hija se fue de casa sin estar casada.
Mi madre sufre porque las vecinas hablan mal de ella.
Mi madre sufre cada vez que el hijo vocifera "usted es un hijo de puta."
Mi madre sufre cuando piensa en los Estados Unidos.
Mi madre sufre cuando se levanta y escucha a los pájaros.
Mi madre sufre aunque conoce la rabia.
Mi madre sufre porque lava ropa ajena.
Mi madre sufre porque la hija organiza obreros.
Mi madre sufre porque la hija puede ser secuestrada.
Mi madre sufre cuando va al mercado y platica con los comerciantes.
Mi madre sufre cuando recibe cartas de sus hijos.
Mi madre sufre porque el dinero ya no le alcanza.
Mi madre sufre porque la hija es importante.
Mi madre sufre porque alguien murió en el barrio.
Mi madre sufre porque conoce su edad.
Mi madre sufre cuando la elegancia abre la boca.
Mi madre sufre cuando hay silencio.
Mi madre sufre cuando suenan las campanas de la iglesia.
Mi madre sufre cuando los niños sueñan.
Mi madre sufre porque la hija está de nuevo embarazada.
Mi madre sufre en los días de fiesta.
Mi madre sufre porque la hija está desempleada despues de 17 años de
    escuela.
Mi madre sufre porque la hija fue despedida del trabajo.
Mi madre sufre porque la hija se defendió del patrón.
Mi madre sufre porque el hijo es artista.
Mi madre sufre porque el hijo sufre.
Mi madre sufre cuando escucha a Pérez Prado.
Mi madre sufre cuando llueve.

Mi madre sufre porque conoce este poema.
Mi madre sufre cuando sonríe.

Ustedes ya sufren porque conocen a mi madre.
Etcétera.

A Ricardo Medina

El Famoso Bertolt Break

Hoy
no más responsabilidades
elefantas
ni reuniones
o palabritas de paciencia.
Los teléfonos dejan de tener
oídos ajenos
y el cuerpo se viste de cumpleaños.
Hoy
tú te llamas cancióóónn,
yo soy viento,
memoria que alguien
puso en el correo,
(Ojo: me estoy rascando la ternura derecha).
Hoy
no nos jugamos la semana que entra
y tú me miras
con tu hipo histórico
y tus ojos
de niña con regalo,
y el corazón nos crece entre las piernas.
Porque lo sabemos:
aún sin nostros
viene la Revolucióóónn.

Carta a Rudy Lozano

Te mataron,
hermano mayor,
mientras nosotros protestábamos
por las matanzas
en El Salvador, Sudáfrica y Chile.
Los asesinos no necesitaron
cruzar fronteras esta vez.
Entraron a tu casa
y dispararon
a sangre fría
mientras tú cargabas a tu hijo
y él solo te protegió
el corazón.
Te mataron,
camarada,
porque nunca les han gustado
los mexicanos
y nos pegan sin que les hagamos nada.
Somos demasiada memoria para el crimen.
Pero lo peor,
para ellos,
es alguien que organiza
obreros negros, blancos e indocumentados
porque eso huele a comunismo
y para los explotadores es un crimen,
y no me jodan ahora con que
los sindicatos en el socialismo.
Te mataron,
carnal,
porque la historia anda en ruedas,
porque la campaña de Harold Washington,
porque tanto desempleado,
porque eres nuestro hermano mayor,
y porque la justicia tiene tus ojos.

Tú bien conoces a los asesinos.
Son los mismos que cuando Alfredo Avila
organizaba el sindicato siderúrgico
en Chicago, hablaban temerosos de
"croatas chaparros de grandes bigotes,
polacos pálidos y amarillentos,
negros azorados, nórdicos diligentes,
y mexicanos flemáticos."
Recuerdas, carnal,
entonces tú nacías, cuando lo del sindicato,
y tú tío fue el primer mexicano en Chicago
que se subió a una grúa,
allá por el cincuenta.
Te mataron,
brother,
y eso es lo que nos duele.
Qué poco Chicago
para tanta Madreí
Lupe sigue
en la lucha.
Tus hijos están bien.
Extrañan a papi.
Te esperamos pronto
en Chicago,
Rudy Lozano.

Rudy Lozano fue asesinado el 8 de junio de 1983. Era director de organización del ILGWU (International Ladies' Garment Workers Union) y miembro del comité nacional de la NAARPR (National Association Against Racism and Political Repression). Meses antes de su asesinato, Rudy Lozano trabajó en la campaña de Harold Washington, consiguiendo el voto latino para elegirlo como el primer alcalde negro en Chicago. Durante esta campaña Rudy Lozano recibió varias amenazas de muerte.

El Agua de Doña Nicolasa

El pasado quedó atrás
aunque la gente hable diariamente
con los muertos en las paredes, mercados,
esquinas y parques,
y haya que construir palomares
de las ruinas
y lagunas de desechos de fábricas,
y la ciudad despierte oliendo a pólvora.
Porque poco a poco el aire se ha impregnado
de palmera, iguana, pan, garzas, piches,
tierra mojada, maíz tostado,
y hay millones de manos en las labores,
y una constante alerta que asegura
que esto no es un sueño, esto no es un sueño,
y millones de miradas
y millones de sonrisas como un verdadero
ejército de voluntarios
armado hasta los dientes,
y hay millones de niños que escriben poemas
en las cortezas de los árboles,
y millones que hablan un mismo idioma
después de tantos años de mentiras,
y millones de palabras que dicen lo que dicen,
y mujeres que derraman hijos
engendrados en noches de luna, luciérnagas y lluvia,
y hay confianza, ingenuidad, júbilo en las calles,
generosidad, días que son como años,
cantos de zenzontle, himnos, tambores, chirimías,
y canciones de Michael Jackson,
y hay millones que no duermen en las noches
y conversan con las estrellas porque son
los aliados en los cuatro puntos cardinales,
y hay millones listos para treparse
a los árboles.

El pasado quedó atrás
aunque en la costa del Pacífico
se filme una película de James Bond
y en la costa del Atlántico se instalen
enormes cámaras y amanezcan escaleras eléctricas
en una vieja bananera Hondureña.
La vida no retrocede. La revolución
no es una película.

Y agua que no has de beber . . .

Cómo Desnudar a Una Mujer
con un Saxofón

No es fácil.

El aire que sale del estómago
debe traer
la sal del mar.
Las yemas de los dedos
deben hablar
de palmeras
de membrana a surco
o de soles que trabajan
de noche.
Los sonidos,
agua y metal,
casi vena,
deben confundir
oído y hombro,
y descender
hasta las rodillas
con la misma suavidad
de quien maneja
un chevolet 53
a 30 millas por hora,
en un freeway de Los Angeles.
Los ojos deben permanecer
cerrados
hasta que la noche
tenga 24 horas,
la semana más de siete días
y no exista la palabra
desempleo.
Y entonces,
abres los ojos,
y quizá

encuentres la sonrisa
de ella.
Pero esto no significa
más que un categórico
saludo de hola,
quihúbole,
what's going on, ese,
porque también
en la plusvalía
hay
pasión.

Oficio de Muerte

Algunos lo saben.
Lo dice el silencio,
el pulso que sostiene
el M-16 made in Texas,
y la mirada, llena de preguntas,
con que escuchan al general de turno.
Es un oficio de muerte,
y hay que comer, cumplir órdenes,
vestir y volver a cumplir órdenes.
Y mueren
y nadie se acuerda de ellos
ni de sus hijos
por los que cuplían órdenes.
Entonces venimos nosotros
y escribimos poemas
a Manuel,
Ana María,
Pancho.
Y los leemos aquí y allá,
porque son ellos
los únicos que se acuerdan
de los hijos
de los que solamente
cumplían órdenes.

The Russians Are Coming . . . !

Repentinamente,
desde hace tres semanas,
el mundo está otra vez
en peligro peligro peligro.
Mas esta vez
las noticias aseguran
que las ciudades podrían quedar deshabitadas,
convertidas en pueblos fantasmas
como en las películas del Gran Oeste.
¿Recuerdas a los indios, Chona?
¿Recuerdas Bronco Billy and the Greaser?
Y qué angustia que nos muramos
todos, repentinamente,
y ni siquiera decir buenas noches.
Por lo menos
cuando uno muere despacio,
diariamente,
uno tiene el tiempo
para dejar su bailecito,
un par de buenos consejos,
ropa para los amigos,
unas cuantas monedas
y el hombro izquierdo
en el que lloran siempre los viudos.
Pero así nomás,
en un abrir y cerrar de puertas,
that's deep, Chona.
Y ya no adelgazarás.
Ni podré comprarte el vestido que quieres.
No podré usar el suéter azul
que me tejió tu mamá.
Ni acabaremos de pagar el tocadiscos.
Juana se quedará con Lupita en el vientre.
Mi compadre Alfredo ya no encontrará trabajo.

Tomás se quedará en la cama del hospital
leyendo los chistes para siempre.
Johnny no podrá dejar la fuerza aérea
para ir a la universidad.
Y no leeré tantas cartas que están en el correo.
Y adiós soledad de volcana.
Adiós gritos del señor del 14 mirando el box los sábados.
Adiós tus piernas, mi tos
y varios fuck yous que he ahorrado.
Adiós muchachos compañeros de mi vida.
Adiós salario que no me yunta
y yerba que crece tanto.
Adiós patrones
se me atoró el coraje en mis cuándos.
Hasta luego hambre, enfermedad, ignorancia
se quedaron haciendo cola.
Hasta luego lagartos que no se mordieron la lengua.
Hasta luego poesía,
no me presentaste a tu hermana.
Hace tres semanas que el mundo
está en peligro peligro peligro.
Y el señor y la señora Jones
ya no contemplan
el Mar del Pacífico
desde el balcón de su casa.
Porque the russians are coming!
The Russians . . . !
Y poco a poco el azul del cielo
se va convirtiendo
para ellos
en una memorable tarjeta de cumpleaños.
Son delicias de cada 365 días
"amancer con lago rojo",
"gato con luna llena en el cuello."
¿Y por dónde vendrán, querida?
¿Bajarán del cielo disfrazados de ángeles?
¿Entrarán caminando por el Pacífico como en una
gran celebración del Primero de Mayo?
¿Nos hablarán por teléfono dial 800
para vendernos el mejor seguro de vida?

¿Nos encontrarán mirando Johnny Carson?
¿Quizá nadando en la alberca?
¿Acaso en el baño?
¿Tal vez mientras soñamos cosas dulces?
¿Quizá ahora mismo están cruzando la frontera?
¿Querido, querido, qué idioma habla el jardinero?
¿Es español o ruso?
Hace tres semanas que el mundo
está en peligreo peligro peligro.
Y las ciudades pueden convertirse
en pueblos fantasma.
¿Recuerdas, Chona?

Satisfacciones

(Homenajito a Bertolt Brecht)

la primera mirada por la ventana
beber café
fumar
leer el periódico de pasado mañana
el Lunes Padre
la voz de CA en radio Habana
recibir cartas
el triunfo del ay!
oooh baby let's cruise
escribir
12836 niños que nacen en Guatemala
Padre bailando con Vero
los amigos aquí
allá
Jan
Gaby abrazando a su hermanita
los brazos de la multitud
los volcancitos que están vivos
la sonrisa de las Eugenias
sisters
la mitad del mundo en las manos
ser amable
otra vez
los hasta luego

". . . Fools' Love"

English Translations by
Jennifer Sternbach
with
Robert Jones

Introduction

Love from afar? We know at least two things: that this folksy, gross and cynical saying has an exact rhyme for the word "lejos," that Rubén Medina, born into the folk culture of Mexico City, really enjoys the word play of the streets and popular sayings, including—of course—its more vulgar forms. Is it then clear from this title what we can expect from this wonderful book of poems? Not exactly.

Most of all because Rubén Medina finds himself at the opposite pole from cynicism. And also because, wherever they may have been born, people leave their homelands for many reasons and, in the best of cases, become identified with what is most humane in their new worlds. In such cases, through intelligence and sensitivity, the love that has been brought from afar unites with the love that surrounds us. This is what happens with Rubén Medina. Of course, this book of his would be nothing without those images of his father and mother that recurr—in his Mexico City—from one extreme to the other, without that child who runs the streets of the Mexican capitol, without the terrible presence of his childhood companions who—out of poverty or perversion of the system—become gangsters and killers of their own kind. But the book would also suffer without "Day-Off," without "Unity," without "From San Diego to San Pinche," without "A Letter to Rudy Lozano." These are two worlds that are one in love and solidarity.

Far from any nostalgia, working with whatever he can find, a student, husband, father, militant activist, a man of modesty, Rubén Medina does not forget his background and remains very much down to earth: on the earth of the Mexican plateau and in the American Empire, as well, that he must share with the oppressed. But he is a poet, of course, and therefore—according to what Horace has said happens to all poets—is somewhat lost in the clouds. Thanks to this, not only does he live with and converse with his daily companions, but also with César Vallejo, Efraín Huerta and even "The Famous Bertolt Break," from whom he has learned more than a few things. That's because a poet—I suppose—is born, but he is also the child of his labors. What's difficult is connecting those "clouds" to daily reality and to the struggle. Except that in Rubén Medina—because the dialectic is also capricious, as he explains in a poem—that difficulty goes unperceived as we marvel at his images, the strong interior rhythm of his phrases, his astonishing facility in combining the most elevated speech with the most coloquial sayings. Not to mention the humor with which he defends himself from sentimentalism and myths; please read "Che in Disneyland," with that precious ending that reminds us that—like Peter Fonda and Dennis Hopper in *Easy Rider*—Che Guevara, as a young man, ". . . left his medical career / bought a motorcycle / to ride along America."

A dialectical poet, a revolutionary poet of the first order; therefore, a humanistic poet. A poet for many and for many years to come: Rubén Medina.

Carlos Blanco Aguinaga

"... Fools' Love"

"And wake, poet, nomad
to the rawest day to be man."

César Vallejo

"The solution was to change,
to leave, to go to jobs . . . I wish
I was home with all of you."

Simon Ortiz

Poets Don't Go to Paris Anymore

What does Paris do with the poets
who have left
their working class neighborhoods?
By any chance does hate become
the aged wine
of aristocracy,
or does the pain go on growing
in shoes,
in pants pockets?
Do they learn, those poets, to say mercibocu,
or work as extras
in science fiction movies?
Does a woman take their picture
at the edge of a market?
Do they look at Vallejo,
walking along Raspail Boulevard
with his bread on his shoulder
and his sad mule eyes?
And here, brother, is the house
where Rimbaud and Verlaine
were two fluorescent couches.
Poets don't go to Paris anymore.
They go from hospital to bar,
from street to factory,
from dancing club to office,
from friend to woman
looking for Father Monday.
They renew the day of the rabbit,
the night of the elephant at rest.
They board last night's buses
and there is no time to curse the bone,
the son, the daughter
—who needs shoes, Aztec boy?

There is no time for poetry contests
and those dreams of little Rimbauds
in their twenties
and women who have told even their names.
The poets don't go to Paris anymore.
They're in the south
where the war continues.
They're in the north
where the plague has begun.

For José Peguero

Postcard*

This weekend has left its
wounds and waste scattered
over our longing to live
and understand each other from the inside
where an intense sea makes us flower
—I speak to you in the language of shame
in the cruellest month of the year—
moss grows in what's forgotten
when still I remember you—as if smelling you—
speaking to me of trees that could have been
incredible dancers
people who chose another way to love
and inflate their sentiments—
now as I walk the length of Broadway
which loses itself in the bay where the gulls
survive with their indecipherable language of laments
and young sailors amble towards us
in groups of three or four and someone else
carries a loud radio in his hands
sadder and more down and out than Chaplin
deciphering the neon lights
and the photos of the porno flicks
deciphering the humor and daily fire
in third-rate bars
—Vietnam left a time bomb—
while someone next to me says
when it's rainy all cities seem alike
and we go walking under this sky
even bluer than Van Gogh's madness
in the systole and diastole
of our steps
while North America explodes
like nothing happened.

San Diego, April, 1979

*The original title of the poem is in English. From here on, all titles and lines in the poems which are italicized, appear in English in the original Spanish-language texts.

Angels of the City

To the south of the lively and poisonous street
San Juan de Letrán lives the Avenue of the Lost Child.

The government ordered the streets widened,
houses and neighborhoods torn down,
little trees and strange electric posts
planted along the sidewalks.
And now the only ones to come and go
in the neighborhood are Rascal, Worm and Pinole.
Who doesn't remember Rascal, Worm, and Pinole,
children of dance bars and public markets,
kicking a ball with a certain finesse,
hawking newspapers on street corners,
or carrying with that unmistakably astute rhumba
a sack of oranges, pow,
when not even their grandfather
had nice things to say about unemployment
and one day they found him lying in the middle of the street
like a crumbled statue
and mama and papa only watched them grow
the way zoo lions watch September rains?
Who doesn't remember them going
timidly to offices to ask for jobs
even as errand boys,
or looking mule-like at the taxi driver's sons
wash their father's car
while muscles tensed
and who talked about strategies for the daily war
beyond knives,
of love when it's only a fist, pow,
of factories where the lion dies slowly,
of the barrio, dream in flames?

Who in the hell doesn't remember them
scarecrows and astronauts
of these cities between the freeways,
the only ones who now come and go
through the neighborhood
in Falcons without plates,
machine gun in hand?

Malamuerte

From the rooftop of Tioga Hall
at the university in San Diego
a student has jumped into the night air.
The news invades the morning.
Mothers close their eyes in horror
and hug their daughters.
Fathers' visions are shattered
like a window by a mischevious boy's rock.
Psychologists clench their fists and teeth
and hate life like they hate a wall of fog.
The church begs for the young girl's soul
and advises the young to look for god.
The FBI sends its bloodhounds.
People whisper things, ear to ear,
a noise of chains and bells.
The students are knocked down by a silence of centuries.
The administrators don't even notice.
And those who have at one time thought of suicide
ask themselves what her secret was,
while they get goosebumps
and feel more solitary than ever.
Poets head for the nearest bar.
And her close friends always carry with them
a bird sleeping in some part of their body.
From the rooftop of Tioga Hall
at the university in San Diego
a student has jumped into the night air
like someone who opens a window and becomes a Dream.

Danzón

It was like those Sundays
when father would take us to watch baseball
and my sisters and I
discovered the splendor below the grass,
pieces of water that made us
hate our snail beginnings.
Father was handsome and big like a bus.
Mother affectionate like a woman between walls.
The streets were calm
like a dream of organ grinders;
boys embraced their girlfriends
trying to imitate the rain
of an anonymous impressionist.
And in the afternoon father would put on a clean suit,
some eau de cologne and shoes brilliant
like movie lights,
and he would go enjoy himself with other women.
And mother would stay behind, crying,
cursing again and again her bad luck,
and remembering the good times
when she was single, young and beautiful.

Classifieds

For David Sternbach

While I look for a job in the newspaper
and my eyes rise and fall along the columns
—bilious yellow—, I imagine:

> Honorable lady from La Jolla
> solicits Third World poet
> to teach her to write
> poems like Rod McKuen.

But I say no.
Because as a boy I was very Catholic
and I'd really suffer, writing lies.

Later on I read:

> Excellent tourist guide solicited; must
> speak 18th century Spanish and
> love to meet people. Should be very
> sociable and neat in appearance, to show
> our *Nice People* from Latin America
> our most important places like
> the San Diego Zoo, one of the
> most beautiful in the world; the Coronado Hotel;
> the Cabrillo monument; the Museum of
> Natural History, etcetera.

But I say to myself, no.
I get nervous because I always
have been very orderly but
I've always had problems with arithmetic.

Then, desperate, I read:

> Mexican emigrant solicited; with
> great desire to learn to cut
> hair in the most varied styles.
> English not necessary,
> only to smile and say yes
> in English, German, French, and Japanese.
> 3 dollars an hour, plus tips.

And then I say, yes. I accept.
I stand up, enthusiastic, to tell my wife.

Rain and Grandmother

Grandmother knits seated on the couch
like an elder Tarascan goddess
though she looks more like an urban peacock.
It rains
and I breathe deep like a rock,
I move around the furniture like a river.
Grandmother's hands
keep on knitting and knitting the silence
that by March will be a tablecloth
for her bachelor son,
while the city remembers its dead
with the monotonous melody of the rain.

Suddenly Grandmother stops knitting
and looks out the window;
lightning sounds
and I run beneath the table.
Grandmother comes for me
and fear disappears into the walls
just like the sun evaporates water on pavement.

Grandmother sits on the couch
like an elder Tarascan goddess,
though she looks more like an urban peacock,
keeps on knitting and knitting
and I put in my mouth a piece of wood
that was once a radio knob.
Suddenly Grandmother's hands
stop,
she looks at me
and my smile sounds
the size of the house.

Day Off

This Wednesday February 6,
I mean the morning
that wakes craftsmen and fishermen
in this winter of birds that announce the tropics;
an old man unwraps silence
on the table,
the daily bread.
These are the words of friends
from other countries,
which help us to live:
"And the fallen poet
is only a red tree that signals the start of the woods"
while drinking coffee
and reality is nothing more than the sweet song
of Charlie the bird. I have heard the birds,
how they move us—murmur the old ones.

It is worthwhile to be alive.

I mean, there will come many more days off
when we won't need
to wipe the boss' ass,
serve coffee, excuse me, *decaf* to his wife,
and be nice to his daughter when her mood permits.
We will be old drunks with
incredibly black hair.

To my sisters

A Poet Working as a Cook
or a Cook Who Writes Poetry

We should be honest
there are some inconveniences
in this profession:
to work nights
and weekends,
the manager's little moods,
4 dollars an hour,
the boss' eyes,
don't bother to come back vacations,
the boss' back,
120 degrees of salt on the skin,
the boss' neck,
beer after beer,
feuds between New Jersey and Guadalajara
over the great greatness of shadows.
But in this land
of great opportunities
working with me are
a storyteller from Michoacán,
a nurse from Arizona,
an actor (he doesn't know it) from Los Altos,
a student from Hermosillo,
a dancer from New York,
an activist from East Los,
an English teacher,
and three waitresses worried
about what the hell to do
with the leftovers
from the announced retirement.

Priam

How hard it is, Father, to talk to you in these times
when it seems as if no one believes in anything any more
not even in the night smell of November
and enthusiasm flowers on the lips with difficulty.
Now, instead of taking off to the movies as you did so often
you tip the bottle of brandy to your soul.
Now, in your fiftieth year, it won't stop raining
and there are no umbrellas to cover your bones.
Now, after so many years in the factories
one comes to love his work and do it with wisdom.
And your children have grown with their black and blue marks
watching you love and fall over and over again.
Piece of sun. Burning tree.
Dancer capable of making even a traffic light dance.
A man who has made mistakes a thousand times.
Now that life has been so long,
but is still worth dancing like a cumbia.
It's me, Father, who you got to sing ridiculous songs
those Sundays when we visited my uncles.
Who cried in Chapultepec during the lightning storms.
And who brought you lunch every day
to the Rubber Americana, Inc. company.
And I knew of strikes, cold dawns, and scabs.
And later when you were unemployed I looked for you in the billiard
    halls.
It's me, Father, who you took to see movies
where John Wayne killed Apaches and the audience applauded.
Who you found stealing money with a gang
outside a subway station.
And went daily to watch baseball and admired the petite bourgeoisie.
It's me, Father, who you and your friends
wanted to make into a man by calling him little faggot,
and then I kissed adolescent boys in rebellion.
Because the dialectic also has its whims.

It's me, Father, who bummed around the city with his little guitar
while the military patrolled the streets
and you abandoned the house, and Mother almost went crazy.
Who trafficked in passports and loved a girl
from the other side of the barrio the same way one loves sunsets.
It's me, Father, who talked to you of Cuba, Vietnam,
the Communist Manifesto, and you looked at him with compassion.
And afterwards you found him writing poetry
when you visited the house.
He who ran off from all his jobs.
And afterwards was chased after by the wives of intellectuals
while their husbands prepared revenge with nothing but language.
It's me, Father, who you went to pick up in a bus station
when he stayed looking at the clouds for weeks.
And who hit you in the face at the door of the psychiatric hospital
while Mother looked at me with her eyes torn like a saint.
And who said, that's enough, and slept for weeks.
It's me, Father, who has sand come out of his eyes
in the supermarkets of California,
and lives with a woman who is a river.
It's me, Father, comrade of the dawn.
It's me, Father, your oldest son.
Let's go. Get up. It's time to go home.

From San Diego to San Pinche

Because who would believe the fantastic
and terrible story of all of our survival
those who were never meant to survive?
                                        Joy Harjo

Califas

Like Pedro, Juana, and Enrique
we're leaving without saying goodbye
because we'll have to come back
even if it is at night again.
We drive a U-Haul truck
along highway 15
going north,
and a patrol car
follows us for all of California.
A part of our history
lives
in the rear view mirror.

They know
we don't carry arms,
drugs,
or 7 Mexicans and 2 Salvadorans
—including a three day old baby.
But thank god
for the existence of
the FBI,
the sixth fleet,
the marines,
the B1 bomber,
the national guard,
and other things
the reader does not like
to read about in what we call
poetry.

Las Vegas

The cars move at 15 *mph*.
On each corner there are 14 prostitutes;
28 eyes passed over by lights,
32 waists with the music on the outside.
There is a cemetery's violence.
The moon tells you it is night.
Half of the city sleeps.
Wherever you go
this country is a border,
even if the cities
are identical.
My cat rests on my shoulder.
My hand on your hand.
And my right foot on the accelerator.

Yes, you are a courier
You are just passing through.

Arizona

Behind every gas station,
restaurant, or store
there are buffaloes.
They grow from the red dirt;
they feed themselves with sun,
wind,
and mostly the fruits of their hands.
At 55 *mph* you can confuse them
with the landscape, cactus.
They are agile in their movements,
but eyes, heart, lips
follow the rhythm of the clouds.
What is seen, is felt, is spoken.
Their hands grab the night
by the waist.
During the day they have to
open the belly of the mother
to take out copper, steel, uranium,
yellow dust.

There is a whispering of rain.
Warriors in the picket lines.

Utah

It wasn't god who passed through here
but brothers.
The parts of my body
that are still with me
are the testimony.

Wyoming

In downtown Cheyenne
there is a hotel
with the same name.
In the bar, the waitress
puts napkins on the table.
They have a drawing of an Indian man,
knife in hand.
The waitress smiles.
We are not from around here.
She looks for signs in our eyes.
How much fits in the American dream.
This is how they kill memory
along the border.
And you can be nice, not respond,
start a conversation,
make a joke, drink.
But you must never
confuse
a warrior with a soldier
even in the dry, bitter, and lonely
whiskey.

Here
there is still a war.

Nebraska

Junior Walker's saxophone
pushes the afternoon
from west to east
along highway 80.
It's been five days of travel;
inside the music brings
memories *way back home.*
Outside there are scattered houses,
fields of corn and wheat,
scarecrows,
and signs *along the highway*
This is America:
the verb embodied in photographs;
take it or leave it.
Inside Junior Walker's saxophone
blowing the past
like someone who says:
step on the it gas
we've passed the future.

Iowa

In Sioux City
the sky is sky blue
clean sky blue
from other blue tones.
Sky blue far and near.
Sky blue in Lakota,
English, Spanish.
Sky blue that no longer interests
painters, poets,
senators.
And you can hear the verb
poverty,
in English,
every 24 bullets.

Minneapolis

The United Nations
has changed its home,
and in Minneapolis
the sessions are held
in the Chef Cafe.
There are meetings 24 hours a day
even though it's the $2.99 spaghetti
—all you can eat—
and the $3.89 Kansas City steak
with American fries
that attracts all the attention.
Serious problems are discussed
because the restaurant is in the background:
that is what the mural says.
The table to the side is putting together proof
about the CIA and Amin links
to the death of the North American ambassador
Dabs in Afghanistan.
The table on the left
discusses the innocence of Leonard Peltier.
At the table by the bathroom
unionists raise a protest
about the cold spaghetti.
The table in front explains
the systematic damage
done by the Contras.
A delegation of nuns
waits for a table;
in their hands they carry a report
on unemployment in the Americas.
And this Sunday at 11:30
through this door will walk
Jesse Jackson and Bill Means,
and you have to pay attention
because no one travels
two thousand miles
to tell the waiter
he forgot
the salsa.

Franklin Avenue

For José Monleón and Linda Fregoso

We are all gathered here
in these old red brick buildings
with windows
like store fronts from another century.
Hammocks hang in the middle of the rooms
among the green of the plants,
the record player playing almost miraculously
and the images on the wall
venerated by grandfather to grandson.
We have all gathered here
not because of the church,
jazz,
or the union,
but because of poverty
—that pregnant woman who reads minds and smiles.
Through the hallway the air collects the smell of onions
and rises to the first,
second,
third floor,
like a bill collector forgetful of his job.
Someone cooks and we're all invited:
the bird who migrates.
The buffalo who contemplates.
The lion who sharpens his nails.
The panther who stalks.
The crab who quickens his step.
Through the hallway words are mixed
and are etched on the wall forever
the same as a rumor of the sea in shells.
Through the hallway the children laugh, jump, shout,
play at putting their ears to the wall,
not like someone who listens to secret information
but rather to horses coming nearer.

Through the hallway songs are mixed
and enter apartments without knocking on the door.
We all hear them:
The one who was blinded
looking straight into the sun
and now lives by touch.
The one who crossed the tropical ocean
with brilliant metal on his muscles.
The one with hands swollen
from felling trees up north.
The one with the straw hat who goes to the store
to demand songs.
And the one who plays drums in the basement.
We are all gathered here.
Who would have thought so!
So please tell the caretaker
to put a banner on the roof
against the demolitions
and to put up some more
loudspeakers for the jazz.

Minneapolis, May, 1982

Not So Personal Portrait

Only, Father, to tell you
how after all these years
I'm becoming your portrait.
Now that it isn't fashionable.
Every day my face
rounds out between this Aztec tone
and a black beard where drunken
tropical birds sleep.
I didn't ever have the look
of a half dead sheep like Rimbaud
nor the smile of Che.
And now this has complicated life too much
with my woman and my mother.
And now plastic surgery
—that miracle of incarnation for millionaires—
is as inaccessible
as Mexico City on a bicycle.
Only to tell you, Father,
that mirrors never deceive,
and maybe you feel proud,
but each time I'm by you
I can't stand the humor and the shame.

". . . Fools' Love"

There is,
in this country,
room for a deaf man
because suddenly he will obey.
There is a place for a blind man,
because he will see beyond what is there.
There is a place for the one who argues
because he'll only say *I understand.*
There is a place for a lame man
because he will walk,
willingly.

The truth is,
in this country
there is a place for everyone:
the grateful, those with a touch,
those with a fine sense of smell because they can identify
the enemy, the nice ones in English
the sons of bitches in Spanish,
those who fled from underdevelopment
and oh, live in the barrio, the ones who think of going back,
those from the tenderness of the night, those of only
20 dollars a day, the just,
the ones who are, after all, sad,
the ones who are neither here nor there,
the ones who write more letters than a prisoner,
those who find this to be culturally
disgusting, the strategists and not now
and not tomorrow either, the poorest
of the poor, the true builders,
the ones making the sign of the cross and goodbye memory
good morning little Virgen,
the ones who dye their hair,

the ones who don't need to dye their hair,
those of us who had a little bit of luck.

There is,
in this country,
a place for everyone.
Come on, come on
but from behind that fence
and green card in hand
because love from a distance . . .

To Estela Jurado

Translator's Note: "Amor de lejos . . . amor de pendejos"; "Love from a distance . . . fools' love."

The Rain and Its Dead

Letters arrive from the south wet from death.
Letters arrive in wrinkled envelopes
maybe by steam
and the uncertainty of the days
that separate the world
from what is called *the free world*.
Letters arrive with words
that are blows to the head:
    "Aunt Maria died this morning"
    "she was fine"
    "she had just had breakfast"
    "she got up from the table to feed
the birds and felt a tremor"
    "we found her on the floor"
    "we didn't know who to call,
you know, money"
    "the ambulance came in 20 minutes"
    "they said better not take her now
to avoid the autopsy
and bureaucratic dealings"
    "we called a doctor because we didn't think
she was dead"
    "we talked with her"
    "we changed her clothes"
    "she watched the birds,
worried."
It is raining slowly over Mexico City.
Uncle Andrés used to sit on the balcony
with no other language than memory.
In his eyes you could see who was guilty.
His brown eyes, still clean
like those of men who grow up in the country.
It is raining slowly over Mexico City.
There is a downpour in the neighborhoods of Guatemala.

Lightning with a putrid smell falls further south.
A storm rises 45 north of Ecuador.

All this is what my sisters write me
to the most powerful country on earth
to the most powerful country on earth
to the most powerful country on earth
to the most powerful country on earth
to the most dangerous country on earth.

Producers of sprinkles, rains and storms.

Public Health

Since the multinationals are losing
the battle in El Salvador
their scientists have come out with the argument
that coffee produces
pancreatic cancer
and maybe so.
Cuba spreads diabetes.
Vietnam, ulcers.
Angola, heart attacks.
With Nicaragua, banana splits
have become luxury items.

Che in Disneyland

Here, your clarity has stayed . . .
Carlos Puebla

We would have to forget
about Fidel,
the 26th of July movement,
or simply
that a man loves a woman
and a woman loves a man
and they have children
and goodbye
always until Victory
because Spencer Tracy
even in his worst moments
was never unemployed
and James Dean
had a strange way
of opposing daddy imperialism.

We would have to forget
that we don't only have to die
for the revolution
but kill for it
because there also was
a 1776,
and in these hours,
Central America.

We would have to forget
that there is a Party
and later a lightning bolt of attention
in the middle of the storm
—calmly, compañero—
because between the left

who are know-it-alls and who are prudent
there is something more than hours of sleep
not only time to read
Marcel Proust until dawn;
with 32,000 hours of nightmares
come 32,000 hours of strategy.

We would have to forget
about other hands in Harlem, El Peten,
Tacuba, Logan, The Mission, Suchioto . . .
because as a young man
Che left his medical career
bought a motorcycle
to ride along America
just like Peter Fonda
and Dennis Hopper
in *Easy Rider!*
Don't you think so?

Unity

Outside my door
there is a real enemy
who hates me.
                    Lorna Dee Cervantes

We have to dream.
                    Lenin

History has turned us into
animals snared
by the monkey's grimace
the lizard's silence
the eagle's glance
the magpie's indifference
the snake's dance
and the pig's murmurs.

History has turned us into
animals snared
in the street
the fields
the bus
the factory
the unemployment line
the office
the school
the meeting
and the rally.

History has turned us into
snared animals
and these people think that we are
made of steel or stone
and for them
unfortunately different.

History has turned us into
snared animals
and the monkey keeps making faces in the movies
and the lizard directs the scenes
and the eagle thinks he is eternal
the magpie dines in the white house
the snake applauds his own beauty
and the pig learns the good manners *made in the USA.*

History has turned us into
snared animals
and these people think they own everything
my shoulders, the rivers, silence,
my groin, time, birds, the land.
These people think they know everything
with their statistics
their biological experiments
their information on the weather
their very humanist theories
and the good mood that comes from a full belly
and of course, sir
certainly, sir
I didn't know, sir
pardon me, sir
absolutely right, sir
right away, sir.

History has turned us into
snared animals
but we are the rivers
on which the steamboats came.
We are the land and the seed of the tree.
We are freedom and many deaths.

We are sweat on the brow.
We are the shout that takes the shape of a bird
and the speed of a shot.
We are tenderness without shoes.
We are the smile that crosses fences without papers
and memory without the pages of a calendar.

We are the cry that puts children to sleep.
The wind that is the wind and tastes of the wind.
We are the rhythm that brings the night.
We are the heat that announces the winter
and millions and millions of hands.

We are the muscles tattooed by machines.
We are the struggle that dreams, eyes open.
We are the blood of the rainbow
and the love that is a bad influence.

We are the hope that smells like bread.
We are pain that has the shape of a hug.
We are history with closed fists.
We are the fists of open history.
We are history in Sunday pants.

We are the history of not being alone.
We are the history in which the monkey
makes faces in front of the mirror
and the lizard talks until he bites his tongue
the eagle witnesses crimes
the magpie flies alongside the shout
the snake dances to change his skin
and the pig eats the piglets.

So yes,
we have to dream
in the street
fields
bus
factory
unemployment line
office
school
meeting
and rally.

We have to dream.

Minneapolis, May 5, 1983

Identity

Be careful
the world is still small here
although so many buildings, supermarkets,
laws, and highways
will surprise you.
Here there aren't many speeches,
promises or people
and more people in the street.
Here, your identity
is the flesh of your shadow,
the songs under your arm
and a little bit of luck,
but don't think of looking
to the Virgen of Guadalupe for help
because she doesn't speak English.
Your namesake, Rubén,
has crossed the border
thousands of times
and he's never alone
because he doesn't like to dance
with his shadow.
If he were to stop dancing
there would be no more restaurants
in California
and goodbye, *cheap labor*
strikebreakers
and dear family
how are you.
Jesús, the bear,
is almost a grandfather
and a general of several public songs
and when the police stop him (it happens)
he sends them back to Europe
without having to say

"my dear officer do me the favor
of going and fucking . . ."
Someone whose name
I didn't know
never did get to Los Angeles.
In San Clemente they found out
that he wasn't born with a blue
birthday card.
He didn't know the Happy Birthday to You.
No, we are not in Germany, 1940.
The Chicanos are with us
even though they are called Paul, Louie, Rose, or Lisa.
Some of them have fears from just yesterday.
About political parties
let me whisper in your ear . . .
. . . .
. . . .
. . . .
. . . .
You can sleep in the churches
but be careful of pure dreams.
About unions
for many we are
those rats, aliens, spiks,
greasers, wetbacks,
but also *pilgrims.*
In any case, compañero,
welcome,
welcome,
this house is your house.

Busing

On this bus / brother / it is prohibited to eat
argue / look into eyes / laugh like you mean it.

Prohibited are radios / disorderly feet
the smells of distant relatives / touching
the furthest person.

It is prohibited to sit next to the driver / cry
interrupt dreams / wipe your snot
strike / and save up *Excuse* me's.

It is prohibited to board with birds / open the window
smoke / embrace one another / dress up like Father Monday.

Definitely / brother / this bus
doesn't go by our house.

Lonely after All

I am alone
like someone
in a subway car
who is in no pain
who contemplates himself in the window
fixing his hair
and smiling.
I am alone
like someone
who returns home
after days of arguments
cigarette smoke
cups of coffee
democratic centralism
resolutions
and what an immense country
and applause.
I am alone
and for your information
it is 4:18 in the morning
on a Good Friday.
I am alone
among the four walls—
post cards
bought by avid
Mexican tourists.
I am alone
like someone
who rises
from the woman's warmth
and wanders around the house
with tomorrow's patience.
I am alone
and my only company

is the voice of Amparo Ochoa.
Alone
she and I
and I even
more alone
than she.

In memorium Efrain Huerta

Maria Eugenia Ruiz de Medina

My mother suffers because father came back home.
My mother suffers because her children are grown now.
My mother suffers because her daughter is in love.
My mother suffers because her son smokes marijuana.
My mother suffers because her daughter left home without marrying.
My mother suffers because the neighbors speak badly about her.
My mother suffers every time her son shouts "you are a son of bitch."
My mother suffers when she thinks of the United States.
My mother suffers when she wakes up and listens to the birds.
My mother suffers although she knows rage.
My mother suffers because she washes strangers' clothes.
My mother suffers because her daughter organizes workers.
My mother suffers because her daughter could be kidnapped.
My mother suffers when she goes to the market and talks to the merchants.
My mother suffers when she receives letters from her children.
My mother suffers because money doesn't go far enough anymore.
My mother suffers because her daughter is important.
My mother suffers because someone in the neighborhood died.
My mother suffers because she knows her age.
My mother suffers when elegance opens her mouth.
My mother suffers when there is silence.
My mother suffers when the church bells sound.
My mother suffers when the children dream.
My mother suffers because her daughter is pregnant once more.
My mother suffers on holidays.
My mother suffers because her daughter is unemployed after 17 years of school.
My mother suffers because her daughter was fired from work.
My mother suffers because her daughter defended herself against the boss.
My mother suffers because her son is an artist.
My mother suffers because her son suffers.
My mother suffers when she listens to Perez Prado.

My mother suffers when it rains.
My mother suffers because she knows this poem.
My mother suffers when she smiles.

Now you suffer because you know my mother.
Etcetera.

For Ricardo Medina

The Famous Bertolt Break

Today
no more elephant
responsibilities
no meetings
nor little patient words.
The telephones no longer have
strange ears
and the body is dressed for a birthday.
Today
your name is so-o-ong
I am wind,
the memory that someone
put in the mail
(Note: I am scratching the right side of tenderness.)
Today
we won't risk the coming week
and you look at me
with your historic hiccups
and your eyes
of a girl with a present,
and our heart grows between our legs.
Because we know it:
even without us
the Revolution will co-o-ome.

Letter to Rudy Lozano

They killed you
older brother
while we protested
the killings
in El Salvador, South Africa, and Chile.
The assasins didn't have to
cross borders this time.
They entered your house
and they shot
in cold blood while you held your son
and he only protected
your heart.
They killed you,
comrade,
because they never have liked
Mexicans
and they'll hit us without our doing anything to them.
We are too much memory for the crime.
But the worst
for them
is someone who organizes
black, white, and undocumented workers
because that smells like communism
and for those who exploit that is a crime.
Don't give me this shit about
unions under socialism.
They killed you,
brother,
because history is on wheels,
because of Harold Washington's campaign,
because of so many unemployed,
because you are our older brother,
because justice has your eyes.
You know the assasins well.

They are the same as when Alfredo Avila
organized the steelworkers union
in Chicago, they spoke fearfully of
"stocky Croatians with big mustaches,
pale and yellow Polacks,
excitable Negroes, diligent Norse,
and phlegmatic Mexicans."
Remember, brother,
you were born then, in that union time,
and your uncle was the first Mexican in Chicago
to climb into a forklift
back then in the fifties.
They killed you
brother
and that is what hurts us.
What a mother . . .
for Chicago.
Lupe continues
in the struggle.
Your children are fine.
They miss daddy.
We'll be waiting for you soon
in Chicago,
Rudy Lozano.

Rudy Lozano was assasinated on June 8, 1983. He was an organizer for the ILGWU (International Ladies Garment Workers Union) and a member of the national committee of the
NAARPR (National Association Against Racist and Political Repression). Months before his
assasination, Rudy Lozano worked on the campaign to elect Harold Washington, organizing
the Latino vote to elect him as the first Black mayor of Chicago. During that campaign, Rudy
Lozano received various death threats.

The Water of Doña Nicolasa

The past stayed behind
even though the people speak daily
with the dead in the walls, markets,
corners, and parks.
They may have to build dove's nests
from the ruins,
lakes from the remains of factories,
and the city could wake smelling of gunpowder.
Little by little, the air has been filled with
palms, iguana, bread, herons, snipes,
wet earth, toasted corn.
There are thousands of hands at work
and a constant alert that assures
that this is not a dream, this is not a dream.
Thousands of looks,
thousands of smiles like a true
army of volunteers
armed even to their teeth,
thousands of children who write poems
on the bark of trees,
thousands who speak the same language
after so many years of lies,
thousands of words that say what they say,
and women who flower with children
conceived in nights of moon, fireflies and rain,
and there is trust, innocence, joy in the streets,
generosity, days that are like years,
songs of mockingbirds, hymns, drums, panpipes
and Michael Jackson songs;
there are thousands who do not sleep at night
and they talk with the stars because they are
the allies of the four cardinal points;
there are thousands ready
to scale trees.

The past stayed behind
even though on the Pacific coast
a James Bond movie is being filmed
and on the Atlantic coast they are installing
enormous halls, and electric stairways
appear at dawn in an old Honduran banana tree.
Life does not go backward. The revolution
is not a movie
and "water that is not for drinking . . ."

Translator's Note: "Agua que no has de beber . . . déjala correr." "Water that is not for drinking should be left to run free."

How to Undress a Woman
with a Saxophone

It's not easy.

The air
from the stomach
should carry
sea salt.
The tips of the fingers
should speak
of palms
and furrows
or suns that work
at night.
The sounds,
water and metal,
almost veins,
should confuse
the ear and the shoulder
and descend
to the knees
as smooth as
someone who drives
a 53 chevrolet
at 30 miles an hour
on a freeway in Los Angeles.
The eyes should stay
shut
until the night
has 24 hours,
the week more than seven days,
and there is no such word as
unemployment.
And then,
you open your eyes
and perhaps

you find
that smile
of hers.
But that does not mean
anything more than a categorical
hello
what's happening
what's going on, ese,
because surplus value
also has
its passion.

Service of Death

Some of them know it.
The silence says it,
the pulse that holds
the M-16 made in Texas,
and the look, filled with questions
while they listen to the commanding officer.
It is a job of death,
and they must eat, follow orders,
dress and follow orders again.
And they die
and nobody remembers them
or their children
for whom they followed orders.
So then we come
and we write poems
to Manuel,
Ana Maria,
Pancho.
We read them here and there,
because they
are the only ones who remember
the children
of the ones who only
followed orders.

The Russians Are Coming . . . !

Suddenly
for the past three weeks
the world is again
in danger danger danger.
What's more this time
the news assures us
that the cities could be left unpopulated
changed into ghost towns
like in the movies of the Great West.
Remember the Indians, Chona?
Remember Bronco Billy and the Greaser?
What anguish that we would die
all of us, suddenly
and not even say good night.
At least
when one dies slowly
daily
one has the time
to leave a little dance behind
a couple of good pieces of advice
some clothes for friends
a few coins
and a left shoulder
for the widowed to cry on.
But just like that,
in an opening and closing of a door,
that's deep, Chona.
Now you won't get thin.
I won't be able to buy you the dress you want.
And I won't be able to wear the blue sweater
your mother knit for me.
We won't finish paying off the record player.
Juana will always have Lupita in her belly.
My compadre Alfredo won't find work.

Tomás will stay in his hospital bed
reading the funnies forever.
Johnny won't be able to leave the air force
to go to the university.
And I won't read all those letters in the mail.
Goodbye, volcano's solitude.
Goodbye shouts from the man in ú fourteen watching the Saturday fights.
Goodbye your legs, my cough
and various fuck yous that I've saved.
Adiós, muchachos, compañeros de mi vida,
Goodbye salary that no longer yokes me
and grass that grows so much.
Goodbye bosses
my anger got stuck in my whens.
See you later, hunger, sickness, ignorance
you got stuck in line.
See you later lizards who didn't bite their tongues.
See you later poetry,
you didn't introduce me to your sister.
For the past three weeks the world
has been in danger danger danger.
And Mr. and Mrs. Jones
no longer contemplate
the Pacific ocean
from the balcony of their house
because the Russians are coming!
the Russians . . . !
And little by little the blue of the sky
is becoming
for them
a memorable birthday card.
There are delights from each of 365 days
"daybreak with red lake"
"cat with full moon on collar."
And where will they come from, darling?
Will they come from the sky disguised as angels?
Will they enter walking from the Pacific
like a great May Day celebration?
Will they call us, dialing 800 to sell us
the best life insurance?

Will they find us watching Johnny Carson?
Maybe swimming in the pool?
Perhaps reading in the bathroom?
Maybe while we dream sweet things?
Maybe right now they are crossing the border?
Darling darling what language does the gardener speak?
Is it Spanish or Russian?
For the past three weeks the world
has been in danger danger danger.
And the cities could become
ghost towns.
Remember, Chona?

Satisfactions

(A Little Homage to Bertolt Brecht)

The first look out the window
drinking coffee
smoking
reading newspapers from the day after tomorrow
Father Monday
CA's voice on Radio Havana
getting letters
the triumph of ay!
oooh baby let's cruise
writing
12836 babies who are born in Guatemala
Father dancing with Vero
friends here
there
Jan
Gaby hugging her little sister
the arms of the multitude
the little volcanos who are living
the smile of Eugenias
sisters
half of the world in the hands
to be kind
again
see you laters

Rubén Medina, nacido y criado en México, reside en los Estados Unidos desde 1978. Sus poemas han aparecido en revistas de México, Cuba, Nicaragua y los Estados Unidos. Es ganador del sexto concurso de poesía chicana de la Universidad de California-Irvine y de la National Endowment for the Arts Fellowship.

Sus traductores, Jennifer Sternbach y Robert Jones han traducido a muchos poetas latinoamericanos al inglés. Jones, también poeta, es autor del libro *Wild Onion,* seleccionado por the National Poetry Series en 1984.

Rubén Medina, born and raised in Mexico, has resided in the United States since 1978. His poems have appeared in journals and magazines in Mexico, Cuba, Nicaragua and the United States. He is the winner of the University of California-Irvine's sixth annual Chicano poetry contest and is a fellow of the National Endowment for the Arts.

His translators, Jennifer Sternbach and Robert Jones have translated numerous Latin American poets to English. Jones, also a poet, is author of *Wild Onion,* selected for the National Poetry Series in 1984.

ARTE PUBLICO PRESS